Blanche-Neige

D'APRÈS LES FRÈRES GRIMM

RACONTÉ PAR ANDRÉE POULIN ET ILLUSTRÉ PAR GABRIELLE GRIMARD

imagine

Dans la même collection:
LES TROIS PETITS COCHONS
illustré par Marie-Louise Gay
LES LUTINS ET LE CORDONNIER
raconté par Gilles Tibo et illustré par Fanny
LE VILAIN PETIT CANARD
raconté par François Gravel et illustré par Steve Beshwaty
BOUCLE D'OR ET LES TROIS OURS
raconté par Dominique Demers et illustré par Joanne Ouellet
JACQUES ET LE HARICOT MAGIQUE
raconté par Pierrette Dubé et illustré par Josée Masse
CENDRILLON
raconté par Anique Poitras et illustré par Gabrielle Grimard
LE CHAT BOTTÉ
raconté par Alain M. Bergeron et illustré par Doris Barrette
LE PETIT CHAPERON ROUGE
raconté et illustré par Mireille Levert

À paraître:
HANSEL ET GRETEL
raconté par Ginette Anfousse et illustré par Marisol Sarrazin

Catalogage avant publication de Bibliothèque et Archives nationales du Québec et Bibliothèque et Archives Canada

Poulin, Andrée

Blanche-Neige

(Les contes classiques)
Pour enfants de 4 ans et plus.

ISBN 978-2-89608-072-4

I. Grimm, Jacob, 1785-1863. II. Grimm, Wilhelm, 1786-1859. III. Grimard, Gabrielle, 1975- .
IV. Titre: Blanche-Neige. V. Titre. VI. Collection: Contes classiques (Éditions Imagine).

PS8581.O837B52 2009   jC843'.54   C2009-941174-1
PS9581.O837B52 2009

Dépôt légal: 2009
Bibliothèque nationale du Québec
Bibliothèque nationale du Canada

Les éditions Imagine
4446, boul. Saint-Laurent, 7ᵉ étage
Montréal (Québec) H2W 1Z5
Courriel: info@editionsimagine.com
Site Internet: www.editionsimagine.com

Tous nos livres sont imprimés au Québec.
10 9 8 7 6 5 4 3 2 1

Gouvernement du Québec – Programme de crédit d'impôt
pour l'édition de livres – Gestion SODEC.

Nous reconnaissons l'aide financière du gouvernement
du Canada par l'entremise du programme d'aide
au développement de l'industrie de l'édition (PADIÉ)
pour nos activités d'édition.

Nous remercions le Conseil des Arts du Canada de l'aide
accordée à notre programme de publication.

Programme d'aide aux entreprises du livre
et de l'édition spécialisée de la SODEC.

À ma nièce Juliane.
Andrée Poulin

*À Marguerite, Simone, Eliane, Jade, Marina, Laurann,
Lila, Pauline, Camélia, Noé, Jasmin, Liam, Cilia, Marie
et... au petit doudou dans le ventre de Karine.*
Gabrielle Grimard

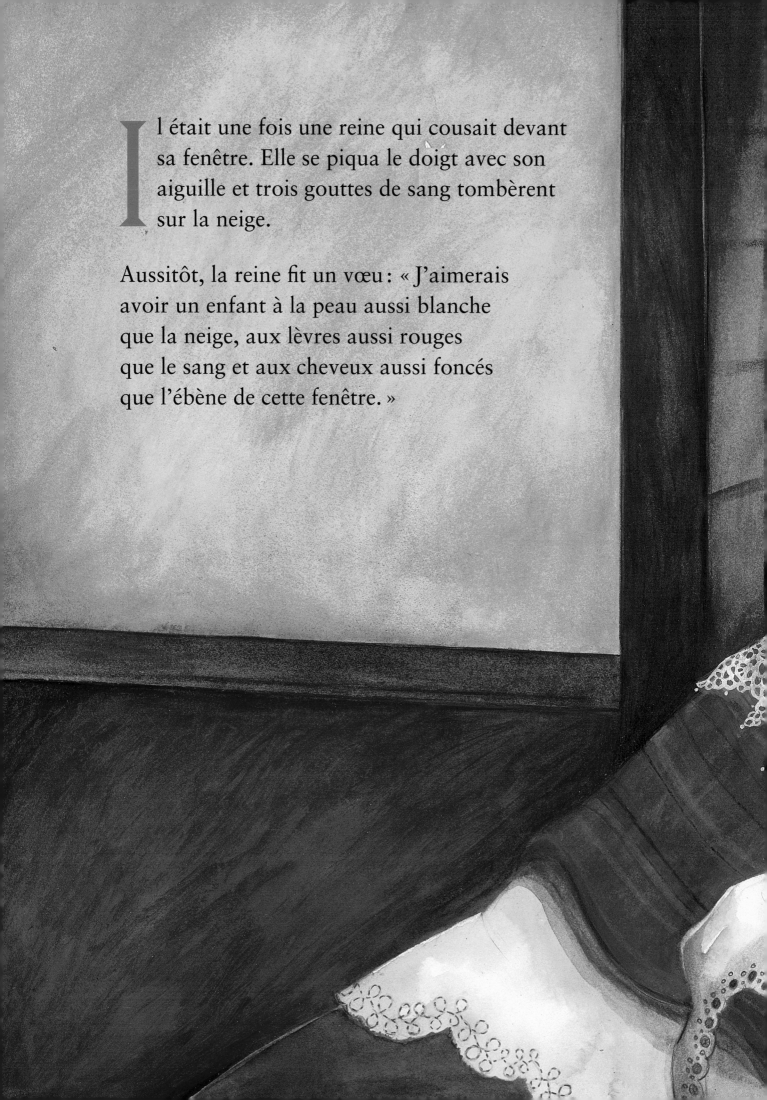

Il était une fois une reine qui cousait devant sa fenêtre. Elle se piqua le doigt avec son aiguille et trois gouttes de sang tombèrent sur la neige.

Aussitôt, la reine fit un vœu : « J'aimerais avoir un enfant à la peau aussi blanche que la neige, aux lèvres aussi rouges que le sang et aux cheveux aussi foncés que l'ébène de cette fenêtre. »

Quelques mois plus tard, la reine donna naissance
à une petite fille identique à ce qu'elle avait souhaité.
Elle l'appela Blanche-Neige.

Malheureusement, la reine mourut peu après.

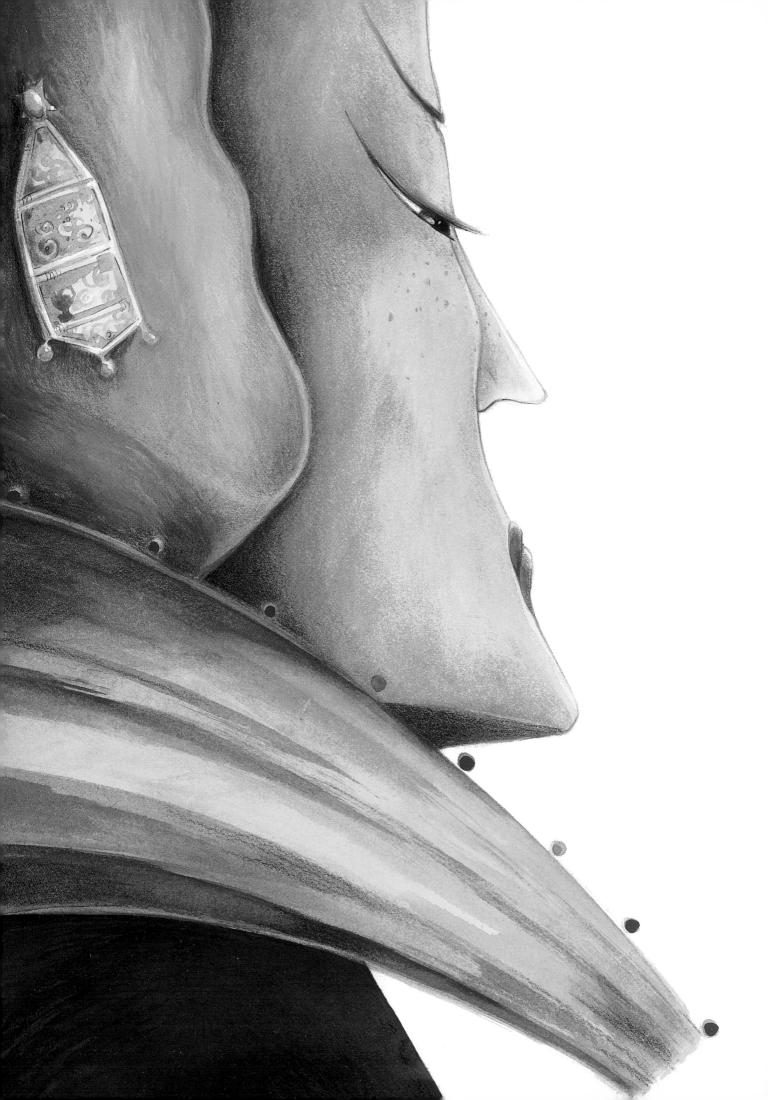

Le roi se remaria avec une femme très belle,
mais très méchante. La nouvelle reine interrogeait
souvent son miroir magique :
– Miroir, gentil miroir, dis-moi qui est la plus belle
de tout le pays ?
Chaque fois, le miroir lui répondait :
– Ô ma reine, de tout le pays, c'est vous la plus belle.
Et la reine souriait de satisfaction.

En grandissant, Blanche-Neige devint de plus
en plus ravissante. Si bien qu'un jour, le miroir
répondit à la reine :
– Vous êtes belle, ô ma reine,
mais Blanche-Neige est mille
fois plus belle.
La reine rougit de colère,
puis verdit de jalousie.
Elle fit venir
un chasseur
et lui ordonna
de tuer
Blanche-Neige.

Le chasseur emmena Blanche-Neige
loin dans la forêt. Au dernier moment,
la princesse le supplia :
– Ne me tuez pas. Laissez-moi partir
et je ne reviendrai jamais au château !

Le chasseur laissa la princesse s'enfuir,
convaincu qu'en peu de temps, elle serait
dévorée par les animaux sauvages.

Blanche-Neige courut longtemps
dans la forêt. La jeune femme tremblait
de voir les loups et les ours rôder
autour d'elle, mais aucune bête
ne lui fit de mal.

À la tombée du jour, Blanche-Neige
aperçut une minuscule maison. Elle frappa
à la porte. Comme il n'y avait pas de réponse,
elle entra.

Blanche-Neige vit sept assiettes et sept verres
posés sur une table. Affamée et assoiffée,
elle but un peu d'eau dans chaque verre
et mangea un peu de pain dans chaque assiette.
Au fond de la pièce, elle trouva sept petits lits.
Elle en choisit un et s'endormit aussitôt.

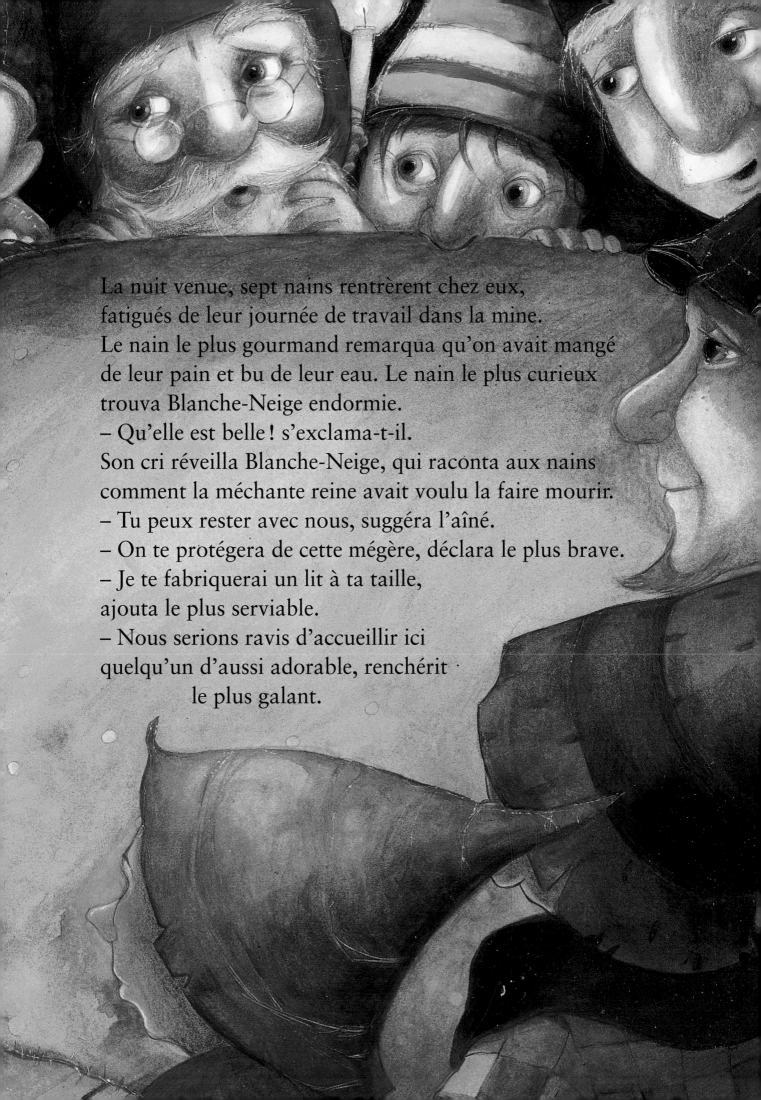

La nuit venue, sept nains rentrèrent chez eux,
fatigués de leur journée de travail dans la mine.
Le nain le plus gourmand remarqua qu'on avait mangé
de leur pain et bu de leur eau. Le nain le plus curieux
trouva Blanche-Neige endormie.
– Qu'elle est belle ! s'exclama-t-il.
Son cri réveilla Blanche-Neige, qui raconta aux nains
comment la méchante reine avait voulu la faire mourir.
– Tu peux rester avec nous, suggéra l'aîné.
– On te protégera de cette mégère, déclara le plus brave.
– Je te fabriquerai un lit à ta taille,
ajouta le plus serviable.
– Nous serions ravis d'accueillir ici
quelqu'un d'aussi adorable, renchérit
        le plus galant.

Blanche-Neige rosit de plaisir et proposa :
– En échange, je cuisinerai vos repas et garderai
votre maison propre.
– Formidable ! Je déteste laver la vaisselle, précisa
le plus jeune.
– Et moi j'adore les gâteaux, déclara le plus gourmand.

Chaque matin, avant de partir pour la mine, les nains
avertissaient leur amie :
– Méfie-toi de ta vilaine belle-mère. N'ouvre la porte
à personne.
– D'accord, promettait la jeune fille en distribuant
des bisous sur chaque joue.

Blanche-Neige ne s'ennuyait pas chez les nains.
Elle astiquait les parquets, tricotait des foulards
et cuisinait du pain pour ses copains.

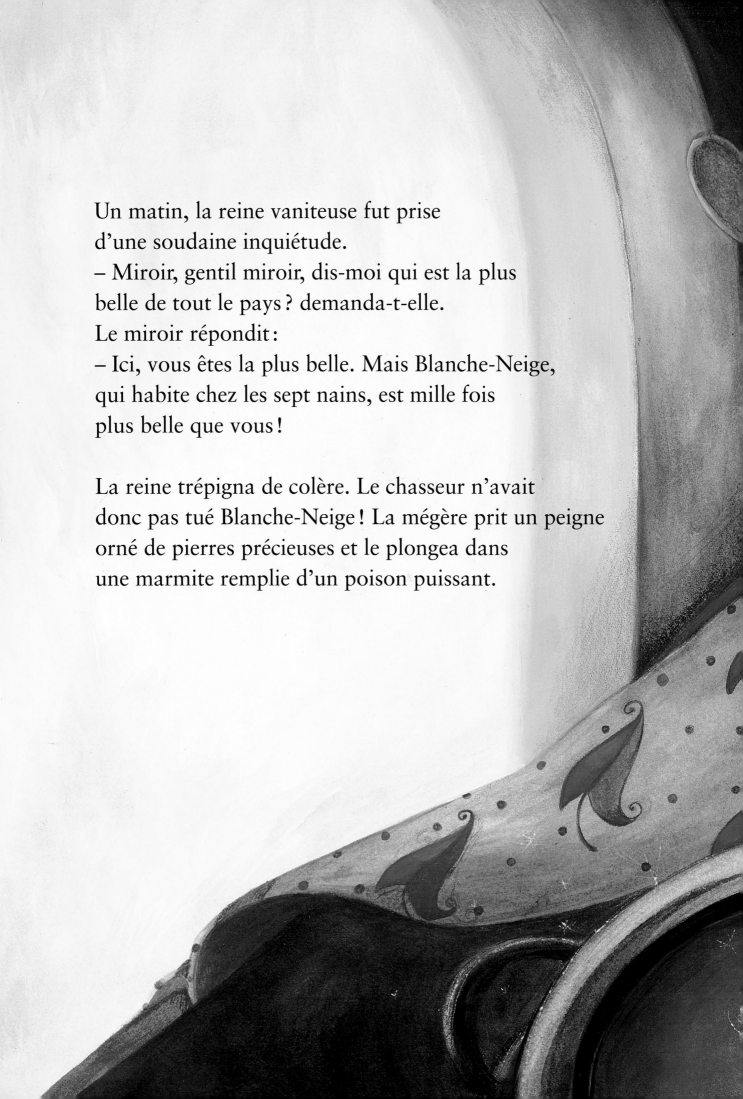

Un matin, la reine vaniteuse fut prise
d'une soudaine inquiétude.
– Miroir, gentil miroir, dis-moi qui est la plus
belle de tout le pays? demanda-t-elle.
Le miroir répondit:
– Ici, vous êtes la plus belle. Mais Blanche-Neige,
qui habite chez les sept nains, est mille fois
plus belle que vous!

La reine trépigna de colère. Le chasseur n'avait
donc pas tué Blanche-Neige! La mégère prit un peigne
orné de pierres précieuses et le plongea dans
une marmite remplie d'un poison puissant.

Puis, elle se déguisa en vieille marchande
et se rendit chez les sept nains.
– Rubans et peignes à vendre ! cria-t-elle.
De sa fenêtre, Blanche-Neige répondit :
– J'ai ordre de n'ouvrir à personne.
– Penche-toi et je coifferai tes beaux cheveux,
suggéra la vieille.

Dès que le peigne empoisonné toucha
sa chevelure, Blanche-Neige s'écroula.
La mégère se sauva en ricanant.

Ce soir-là, les nains trouvèrent Blanche-Neige
étendue sur le plancher. Le plus curieux trouva
le peigne dans ses cheveux et s'empressa de
l'enlever. La jeune fille reprit connaissance
et leur raconta la visite de la marchande.
– Ta belle-mère est très rusée ! déclara l'aîné.
– Et très cruelle, ajouta le plus jeune.
– Tu dois vraiment te méfier d'elle, insista
le plus serviable.

De retour au château, la reine s'empressa de consulter
son miroir, qui lui annonça :
– Blanche-Neige est toujours la plus belle !
La mégère poussa un hurlement de rage. Cette nuit-là,
elle descendit dans la cave secrète du château
pour y préparer une pomme empoisonnée.

La reine se déguisa en fermière et retourna chez les nains.
Arrivée devant la maisonnette, elle cria :
– Pommes à vendre !
Blanche-Neige lui répondit de sa fenêtre :
– J'ai promis à mes amis de ne laisser entrer personne.
– Alors laisse-moi t'offrir cette superbe pomme,
proposa la fausse fermière.
– J'ai aussi ordre de ne rien accepter des étrangers.
– N'aie pas peur. Cette pomme n'a rien de dangereux.
La reine coupa le fruit en deux. Elle tendit à Blanche-Neige
la moitié empoisonnée et croqua l'autre.
Rassurée, la jeune fille mordit dans la pomme et tomba
aussitôt comme morte sur le plancher.

La méchante belle-mère
poussa un croassement triomphal
et s'enfuit.

Ce soir-là, les sept nains trouvèrent à nouveau leur chère Blanche-Neige étendue sur le sol. Ils tentèrent de la ranimer, mais en vain. Le chagrin des nains fut si grand qu'on entendit l'écho de leurs sanglots par-delà les montagnes. Le plus galant suggéra alors de construire un cercueil de verre, afin qu'ils puissent continuer d'admirer leur charmante amie.

Au château, la reine arpenta nerveusement sa chambre
avant de consulter son miroir. Il lui annonça :
– Vous êtes la plus belle du pays.
L'horrible vaniteuse poussa un hurlement victorieux.

Les semaines passèrent et Blanche-Neige ne perdait rien
de sa beauté. Un matin, un prince en promenade
découvrit le cercueil. Il tomba aussitôt follement
amoureux de la princesse endormie. Le jeune
monarque supplia les sept nains de le
laisser emmener la jeune femme dans
son château. Émus par la passion
du prince, les nains acceptèrent,
à condition qu'ils puissent
venir voir Blanche-Neige
tous les jours.

En transportant le cercueil, le prince et son serviteur
trébuchèrent sur une racine. La secousse fit jaillir
de la gorge de Blanche-Neige le morceau de pomme
empoisonné. La princesse ouvrit les yeux. Ébloui
par son regard lumineux, le prince s'exclama :
– Je vous aime. Acceptez-vous de m'épouser ?

Fleurs et feuilles cessèrent de bouger. Les oiseaux
s'arrêtèrent de chanter. La forêt entière attendait
la réponse de la jeune femme. Blanche-Neige offrit
un sourire radieux au prince et laissa son cœur répondre :
– Oui. J'accepte.

Peu de temps après, la reine,
à nouveau inquiète, interrogea
son miroir, qui lui répondit :
– Vous êtes belle, ô ma reine,
mais Blanche-Neige, qui épouse aujourd'hui
un prince, est mille fois plus belle.
Folle de fureur, la belle-mère courut se poster
sur la route où passait le cortège royal. En voyant
le couple si amoureux, la mégère fut saisie d'une haine
tellement violente que son cœur éclata en mille miettes.

Le mariage de Blanche-Neige et du prince fut célébré
dans l'allégresse. Les nains dansèrent toute la nuit.

Blanche-Neige et son prince eurent sept enfants.
Chacun connut le bonheur d'avoir un nain pour parrain.